コンキチ

人間になってみたキツネ

田島伸二

TAJIMA Shinji

文芸社

目次

絵

A・ラマチャンドラン（インド・画家）

P38―39　P47

田島和子（画家）

カバー表　カバー裏　P49　P61　P64　P67

コンキチ

すっかり凍りついた雪の表面が、まぶしい日の光にキラキラと輝く二月……。ふだんの年でしたら、この山に住む動物たちはまだまだ冬眠中で、何のお話もないのですが、今年はちょっとちがいます。

あたたかい春風が吹きはじめるのはまだまだずっと先のことだというのに、キツネのコンキチは、冬眠用の深い穴からはい出てきて、ただいま沈思黙考中なのであります。さてさて、沈思黙考とは読んで字のごとく、思いを深く沈めて黙ってじっと考えることでありますが、キツネなんかにそんなに深い考えなどあるものか、なんておっしゃらないでください。キツネだって、苦しみにもだえコンと鳴いてはコンと泣く……悩み多き現代に生きているのですから。

コンキチは、気が遠くなるぐらい長い冬の間、考えに考えてほとんど一睡もしませんでした。だから、穴から出てきた時には、目はまっ赤に充血し、毛並みもすっかりボサボサで、ご自慢のしっぽは銀色の輝きを失っていました。コンキチが何をそんなに思い悩んでいたかといいますと……、それは実はゴルフのせいなのです。えっ、キツネとゴルフに何の関係があるのかって？――まあ、ちょっと聞いてください。

去年の秋、山が大きく切り開かれてゴルフ場が作られた時から、コンキチはそこで気持ちよさそうにクラブをふりまわす人間の姿にすっかりあこがれてしまったのです。なんでもその人間たちは、「サラリーマン」と呼ばれる人たちで、月曜日から金曜日まではキリリとネクタイをしめてオフィスに通い、週末になるとこうして緑の山にやってきては、のんびりと白い球を打つのが仕事なんだそうです。

スマートな服装で、楽しそうにゴルフをしている人間たちの様子を、草むらにかくれてそっとながめているうちに、コンキチには、毎日やぶや沼地をかけずりまわってウサギや野ネズミをとったり、時には村におりていってニワトリをねらっては、お百姓さんに追いかけられて苦労するキツネの生活が、何だかひどくつまらないものに思えてしかたなくなってしまったのです。

(ああ……人間になりたい。人間になりたい。サラリーマンの暮らしをしてみたい。どうしようか? えーい、思いきって人間になってしまおうか。——いや、でもそんなことをしたら……。)

コンキチが冬中悩んでいたことは、こんなことだったのです。

＊＊＊

こうしてみなさんに説明をしているあいだも、コンキチは穴の入口にすわりこんで、ピクリとも動かずに考えておりました。ところが突然、しっ

ぽの先から耳の先までぶるるっぶるるっとふるわせると、

「おれはもう、キツネやめたぞー！」

と叫びました。その声は野をこえ山をこえ、はるかな海までこえて、地球をひとまわりして響きわたりました。

「おれはこれから人間になるんだ、にんげんに……。」と、コンキチはつぶやきました。


コンキチは、「ケンポンタンの術」を使う決心をしたのです。「ケンポンタンの術」とは、キツネだけが使えるとっておきの化け術で、かしわの葉っぱを一枚頭にのせて「ケン！」と言うと、どんな人間の声色でも使えるようになり、「ポン！」と言うと、どんな人間の姿にも化けることができます。ただし、しっぽだけはもとのままです。最後の「タン！」を言うと、しっぽもすっかりなくなって完全な人間になれるのですが、ここまで言ってしまうと、もう二度とキツネには戻れないのです。ですからコンキチは、子どもの頃から、決して「ケン・ポン・タン」と最後まで言ってはいけないと、お母さんギツネに厳しく言い聞かせられてきたのですが、ついにその教えを破ろうと心に決めたのです。

コンキチはキッと口を結ぶと、大きなかしわの葉っぱを頭にのせました。

「コンキチや、何をしているんです！」

コンキチがあわてて振り向くと、そばにお母さんギツネがすわっておりました。

「コンキチや、おまえが冬中、何を考えていたのか、お母さんにはちゃんとわかっています。でも人間の生活っていうものは、外からながめるほど楽しいものではありませんよ。」

「母さん、もう決心してしまったんだ。おれはどうしても人間になるんだ。どうしても！　食べ物がなくなって冬山をさまよったり、鉄砲を持った人間に追い回されて毛皮にされてしまうキツネの生活なんか、もうたくさんだ！　町で人間のサラリーマンになるんだ。母さん、給料をもらったらきっとおいしいニワトリをたくさん買ってきてあげるから。」

コンキチは急いでそう言うと、例の呪文を唱えるために、尖った口をぐいと空に向けました。

「コンキチ!!」

お母さんギツネは、あわてて大きな声で言いました。

「おまえには黙っていたけれども、実はこれまでに何百匹もの仲間が、ケンポンタンの術を使って人間になり、山を下っていったんだよ。けれどもその後、その仲間たちが一体どんな暮らしをしているのか、どんな人生を送っているのか、誰も知らないんだよ。生きているのか、死んでいるのか。……母さんは決して悪いことは言わないから。だからコンキチや、もう一度考えなおし……」

お母さんギツネがまだ最後まで言い終わらないうちに、

「そんなこと言ったって、じゃあ、聞くけど、おれたちが住める山は一体どこにある？　緑の美しい山はみんなブルドーザーやショベルカーが壊していったじゃない。山のキツネなんかにもう希望なんてあるものか。母さん、おれ行くからね！」

と、コンキチはあわてて一気にしゃべると、頭にのせたかしわの葉っぱを右の前足でしっかりおさえて、

「ケン、ポン、タァーン！」と、さけびました。

そのとたん、今までキツネのコンキチがいたところに、右手を頭にやった一人の人間の若者が立っていました。紺のスーツに身をつつみ、赤いネクタイをキリリとしめた背の高い若者です。人間の姿になったコンキチは、そろそろと頭から手をおろすと、胸のネクタイをそっとさわってみました。おそるおそるお尻をさわってみましたが、しっぽも出ていません。人間の

言葉だって話せます。これからはずっとこの人間の姿でいられるのだと思うと、コンキチはむしょうにうれしくなりました。

得意満面のコンキチとはうらはらに、お母さんギツネはぼうぜんとした顔でコンキチを見つめていました。大きく見開いた目からひとすじふたすじ涙が流れだしました。それを見たコンキチは、あわてて、

「またすぐに帰るから……。」と言うと、急ぎ足で山をおりていきました。

＊＊＊

コンキチは、足早に山を下ると、いよいよ町に足を踏みいれました。

——もちろん最初のうちは、自分がもとキツネであることを誰かにみやぶられて、

「やや、キツネだ！　こんなところをキツネが背広を着て歩いている

ぞ！」と、大声でさけばれるのではないかと、ひやひやしていたものでしたから、コンキチは、だれかとすれちがうたびに相手の顔を上目づかいでそっとのぞいておりました。ところが、十分ばかり歩いても誰一人としてコンキチのことをあやしむ者はいないとなると、にわかに自信が湧いてきて、少々そっくりかえるくらいに胸をはって大またで歩いてゆきました。

そして、ふとある交差点で立ち止まって目の前のピカピカ光った大きなビルを見上げると、大きなはり紙がしてあるのが目に入りました。

社員一名急募!!
男子　年齢二十五歳まで。
動物販売に興味ある人を求む。高給優遇。
マウンテン・ファッション株式会社
Mountain Fashion Co.

コンキチは、「ようし、これに決めた。」とつぶやくと、大きなビルの立派な正面とびらを押し開けて、さっさと中へ入ってゆきました。

コンキチは、まっすぐに受付に行くと、そこに座っていた若い女の人に大声で聞きました。

「こんにちは！　おもてのはり紙に書いてある『社員』っていうのは、サラリーマンのことですか？」

「はっ？……えっ……ええ、そうですが。あの失礼ですが……。」

「ああ、よかった！　おれはサラリーマンになりたくてやってきたんです。それじゃあ、ぜひこの会社で働かせてもらうことにしよう。すみません、お嬢さん！　社長さんはどこですか？　社長さんにすぐ会いたいんです。」

受付の女性は、目をパチクリさせながら、思わず、

「ハイ！　社長は、三階の三十三号室、社長室におります……。」と答え

てから、こらえ切れずにクスクスと笑いだしました。なぜってその時のコンキチの真剣な顔が、キッネそっくりだったからです。

社長室へ行く途中、コンキチは何気ないふりをして、廊下の鏡に自分の姿をうつしてみました――なるほど、たしかに人間の顔はしているのですが、どうしてもキツネらしさが抜けていません。目はキョトンとして、口もかなり裂けてつき出ていて、こころもち耳もとんがっているようです。

（これじゃ、見破られてしまうかな。なあに、だいじょうぶさ。）

コンキチは心の中でそうつぶやくと、「社長室」と書かれたドアを元気よく開けました。

「こんにちは、社長さん！……コン……おれを、いえいえ私を、ぜひこの会社のサラリーマンにしてください。サラリーマンになりたいんです。もうキツネなんか……」

コンキチはあわてて口を押さえました。

「いえ、キツネのような顔をしていますが、根はとてもしっかりしていて、おまけに正直なんです。」

するとと赤ら顔でデップリ太った社長は、葉巻を口にくわえたまま書類から顔をあげ、うんざりした口調で、

「それでは君、まずは履歴書《りれきしょ》をだしなさい。」

と言いました。なぜなら、もう朝から何十人も面接をしていて、すっかり疲れていたからです。

さて、コンキチは生まれてこの方「リレキショ」なんていう言葉を一度も聞いたことがなかったので、目をパチクリさせて社長にたずねました。

「あの……すみません。『リレキショ』って一体何ですか？　――実は私、今は何も持っていないんですが……」

「なに、履歴書を知らない!?　――君は冗談を言っているのかね。」

社長は大きく目をむいて、コンキチをにらみつけると、葉巻をぐりぐり

と灰皿にこすりつけました。

「いえ、とんでもありません。私は本当に知らないのです。そのリレキショっていうものは、サラリーマンになるためにはどうしても必要なんでしょうか。」

社長は穴のあくほどコンキチの顔をにらむと、

「フ……ム、それでは念のために教えてやろう。履歴書というものはじゃ、君はどこで生まれ、どんな学校を出て、これまで一体何をしてきたか、ありのまま全部を正直に書いてハンコを押した一枚の紙のことじゃ。ウーン。まったく、履歴書を知らないような奴が会社で働けるはずがない。わが社はおまえに用はないぞ。さっさと帰りたまえ！　面接をするまでもない！」

とどなりました。

コンキチは、（しまった……！）と思いました。

（……だって、今まで何をやっていたかといっても……ずっと山に住んでウサギなんかを追いかけて……、ときどき、ふもとの村にニワトリを盗みに行くぐらいのもので……。学校なんてもちろん出ていないからなあ。）

社長は、もじもじしているコンキチを、またどなりつけました。

「だいたい、おまえは名なしのゴンベイか！　部屋に入ってきたら、まず自分の名前ぐらい言ったらどうじゃ！　常識も知らんのか！」

コンキチはあわてて、

「え……え……と、私の名前はゴンベイではなくてコンキチです。その、山に住む山に住む……、そうです！　山住《ヤマズミ》コンキチと申します。」

我ながら、なかなかうまいことを言ったもんだと、ほっとしながらさらに続けました。

「あの……それで、住所は……えーと、えーと、山の奥の、山の穴の……、そうです。そうです。山奥市の山穴村に住んでおりました。」

それを聞くと社長は、顔をしかめて、

「妙な名前じゃのう。――それに、山奥市の山穴村などという地名は初めて聞いた。」

と言いました。そして、コンキチの深刻そうな顔をじっとながめて、

「ひょっとすると、君は山の奥に住むキツネの化けたやつじゃあないのかい。」

と言うと、大声で笑いだしました。

（しまった！　やっぱりわかってしまった！）

コンキチはもう口から心臓がとびだしそうなぐらいビックリしましたが、冷や汗をタラタラと流しながらもむきになって言い返しました。

「とんでもない！　社長さん。おれは……いえいえ、私は人間です。キツネなんかじゃありませんよ。このとおり、しっぽもない、れっきとした人間です！」

すると社長は、ますます大声で笑いながら、

「ワッハッハッハ、冗談じゃ、冗談じゃ。何しろ、君のその口のあたりが、なんとなくキツネに似ているもんで、ついついいらんことを言ってしまったわい。だいたい生きたキツネが、この会社に足をふみ入れられるわけがない。いや、許せ、許せ。」

と言いました。

……どうやら、すっかり社長のご機嫌はなおったようです。

「ところで君、履歴書がないんなら、一番肝心なところを聞かせてもらおうか。君は学校は出ているのか。」

「学校ですか……」

コンキチはまたしても困ってしまいました。もちろん、学校なんてどこも出ていないのです。——だいたい、学校を出たキツネ、なんていうのは一匹だっておりませんからね。でも学校を出ていないと、この会社のサラ

リーマンには絶対になれないにちがいない！　と思ったコンキチは、あわてて答えました。

「ぜ……全部の学校をでています。小学校から大学までぜんぶです。……コン！」

「ほう……そうか。しかし学校を出たといっても、学校にはピンからキリまであるからのう。君はどこの大学を卒業したのかね。」

「え……と、その……国立……国立……動物公園大学です。」

コンキチはとっさに、ゴルフ場のうしろにひろがる、国立動物公園のことを思い出して答えました。

「ほう、それはすばらしい。国立大学か。」

社長はいかにも感心したように言いました。

「いや、よかった、よかった。実はわしは是非、大学出の優秀な社員がほしいと思っておったのだ。いや、とにかく国立なら、公園だろうが動物園だろうが問題ではない。国立大学を出ているんなら、早速わしの会社で働いてもらうことにしよう。」

コンキチは大喜びです。思わず一声高く、「コーン!」と叫んで、キツネおどりでも始めたい気分でした。

「ところで山住君、君には何か特技があるかね。同じ人間でも、特技があるとないとでは大違いだからな。」

社長は急に、厳しい顔になってたずねました。

コンキチはまたはっとしましたが、

「え……と、私は……その……ウサギや野ネズミやニワトリを追いかけ……いや、ちがいます。ウサギや野ネズミやニワトリを飼育する……動物公園の管理人の資格を持っています。」

と胸を張って言いました。

すると今度は、社長の方が大喜びです。

「そうか、そうか。いや、ますます君は、わが社にぴったりの人間だ。山住君、わしは動物のことがよくわかる社員がほしかったんじゃ。うむ……それで君はわが社をたずねてきてくれたわけか。何しろわが社こそ、この国で最大の毛皮会社じゃからのう。いや山住君、これで話は決まりじゃ。さっそく明日から出社してくれたまえ。」

社長は太った体を持ち上げるようにして立ち上がると、コンキチの肩をポン！　と、満足そうにたたきました。

――毛皮会社、という言葉を聞いた時、コンキチは胸の奥がズキンと鈍く痛んだような気がしました。

（毛皮会社とは何をするところだろう……）

コンキチは会社のビルを出て、街の通りを歩きながら考えてみました。でも今のコンキチにとっては、自分の働くことになったのが何の会社かなんていうことは、どうでもよいことでした。何しろあこがれのサラリーマンになれるのですから。

　サラリーマンになったら、暗い穴の中に住む必要もありません。雨が降っても困りません。獲物がうまくとれなくて、何日もひもじい思いをする、なんてこともすっかりなくなります。給料をもらったら、それでニワトリの肉や、ウサギの肉をたくさん買って、冷蔵庫にたっぷり入れておいて、いつでも好きな時に食べることができるのですから。

　コンキチは人間になったあまりの嬉しさに、「コンコン！　コンコン！　コンコン！」とつい、キツネの声を出してしまい、借りたばかりの新しいアパートの部屋で、とがった口を天井の方に向けると、とてもうれしそうにまばたきしました。

　その夜、コンキチはいくつもいくつも山の夢をみながら、楽しい気持ちで眠りました。

＊＊＊

翌日から、コンキチのサラリーマン生活が始まりました。

まずコンキチが働くようになったのは、「経理課」でした。毛皮のコートやマフラーの売上げを計算するのが、コンキチの仕事になりました。はじめのうちはもちろん、何もわからなかったので、まわりの人間にいろいろ教えてもらわなくてはなりませんでしたが、コンキチはすぐに何もかも覚えてしまいました。

とにかくコンキチは無我夢中で働いたので、まもなく会社でいちばんの働き者として知られるようになりました。

コンキチが来てからというもの、周りの人間たちもつられていっしょうけんめいに働くようになり、会社の売上げがどんどん伸びているのを見て、社長は大喜びです。コンキチには、特別にたくさんの給料が渡されました。

コンキチも大喜びです。週末には、あこがれのゴルフに出かけることができるようにもなりました。――もっとも、実際にやってみると、コンキチにはゴルフがそれほどおもしろいものとも思えませんでしたが……。しかしとにかく、大きなバッグを人間に持たせて、もとキツネのコンキチがこうして大いばりで、白い球を打っているのです。

コンキチの生まれ故郷のゴルフ場――キツネだった頃のコンキチが、草むらに隠れて人間たちを見ていたあのゴルフ場――そこでゴルフをした時など、思わず、「バンザーイ!」と叫んで、久しく忘れていたキツネおどりをもう少しで、始めてしまいそうになったくらいです。

「いや、まったく君はわが社の誇りだ。」

社長はコンキチを、みんなの前でよくほめてやりました。

「社員諸君、山住君こそ社員のかがみじゃ。よく見習いたまえ。」

そう社長からほめられた日には、コンキチは町で買ってきた新しい鏡を

とりだしては、じっと自分の顔をながめて、

（よーし、もっともっと働くぞ……）

と決意を新たにするのでした。そして、まるでもう無茶苦茶なくらい、よく働きましたので、コンキチの顔は月日がたつうちに、だんだんどっしりと落ち着いた表情になっていきました。

でも、コンキチは決して山のことを忘れてはいません。毎月の給料をもらうと必ず、たくさんの生きたウサギやニワトリを買っては、こっそりとお母さんギツネに届けに行きました。

毎月コンキチがやってくるたびに、お母さんギツネはうれしそうな、でも少しばかり悲しそうな顔で言いました。

「コンコン、コンキチや。いつもありがとう。でももういいんだよ。おまえも今じゃどこからみても、立派な人間なんだから……コン。だが、本当に人間になりきるためには、昔はキツネだったことなんか忘れておしまい。

その方がお前にとって幸せなんだよ。母さんはどうにかやっていけるから。コンコンコン。」

コンキチには、お母さんギツネの気持ちがよくわかりました。しかしコンキチが、お母さんに、キツネの言葉でしゃべろうとしても、だんだんキツネが使う言葉を忘れてしまっているのに、気がついていました。そこでお母さんギツネの顔をみつめては、にっこりと笑って山を下っていくのですが、次の給料日にはやはり、ニワトリやウサギを持って山をのぼっていくのでした。

そうこうしているうちに、春も夏も過ぎ、秋も暮れてゆこうとする十一月になりました。コンキチはあいかわらず、わき目もふらずに働いておりましたが、ある日帳簿では、販売用の毛皮がずいぶん残り少なくなってきたことに気づきました。

「困ったことじゃ。これから冬にかけてこそ、毛皮のコートやマフラーが高く売れるというのに。」

コンキチは知らず知らずのうちに、社長の口調を真似してそう言うと、毛皮の倉庫に行ってみました。

コンキチはこの会社で働き始めて以来、実際に毛皮の倉庫を見るのはこれが最初でした。なぜなら経理課はいつも売上げを計算したり、書類に数字を書きこんだりするので、とても忙しかったからです。

大きな倉庫の扉を開けた途端、コンキチは「アッ！」とするどい悲鳴をあげました。倉庫の中には、おびただしい数の動物の毛皮が、さかさまにつるされてあったのです。リス、ウサギ、イタチ、熊、ヒョウ、タヌキ、テンなど、とても数えきれません。しかも、コンキチが倉庫に一歩足をふみ入れた途端、肉をはがされたままの形でつるされている毛皮たちが、目のない目で、いっせいにコンキチをにらんだような気がしました。

「おどろいた！　おどろいた！　この会社にこんなにたくさんの毛皮があったとは！　かわいそうに……タヌキ君もイタチ君も人間に殺されて、皮をはがされてしまって……あああ！　かわいそうに。いーや、でもわが社が売上げをのばすためには仕方がなかったんだ。仕方が……」

と言いかけたコンキチは、

「ひえええええ――っ！」

と一声するどく叫んで飛び上がりました。倉庫の奥の方には、キツネの毛皮がびっしりとつるされてあるのが、目に入ったのです。キツネたちのあるものは、苦しそうに目を閉じ、またあるものはうつろな眼を見開いたまま、皮だけになってつるされていました。何だかコンキチのいなくなった妹や友だちに似た顔をした毛皮も、たくさんあるようです。

コンキチは立ちすくんだまま、ガタガタと震えていました。いつのまにか、コンキチの目からは、涙がボロボロとこぼれ落ちていました。

「ああ――おれの仲間がこんなにたくさん毛皮になっている……
ああ――おれの仲間がこんなにたくさん皮をはがされて、ぶらさげられている……
ああ――おれの仲間がこんなにたくさん売られてゆく……
この会社でこんなことになっているなんて、一体おれは何をしていたんだ。
おれはちっとも知らなかったんだ……」

しばらくして、目を真っ赤にしたコンキチが、とぼとぼと倉庫から出てきました。ちょうど夕陽が会社の大きなビルの向こう側に、ゆっくりと沈んでゆくところでした。美しい夕焼けも、きょうばかりはコンキチの目に入りませんでした。
その晩はうとうととするたびに、毛皮にされた妹や友だちの顔が浮かん

郵便はがき

料金受取人払郵便

新宿局承認

2525

差出有効期間
2025年3月
31日まで
（切手不要）

160-8791

141

東京都新宿区新宿1－10－1

(株)文芸社

愛読者カード係 行

ふりがな お名前		明治　大正 昭和　平成	年生　歳
ふりがな ご住所	□□□-□□□□		性別 男・女
お電話 番　号	（書籍ご注文の際に必要です）	ご職業	
E-mail			
ご購読雑誌（複数可）		ご購読新聞	新聞

最近読んでおもしろかった本や今後、とりあげてほしいテーマをお教えください。

ご自分の研究成果や経験、お考え等を出版してみたいというお気持ちはありますか。

ある　　ない　　内容・テーマ（　　　　　　　　　　　　）

現在完成した作品をお持ちですか。

ある　　ない　　ジャンル・原稿量（　　　　　　　　　　　　）

書 名				
お買上 書 店	都道 府県	市区 郡	書店名	書店
			ご購入日	年　　月　　日

本書をどこでお知りになりましたか?

1.書店店頭　2.知人にすすめられて　3.インターネット(サイト名　　　　　　　　)

4.DMハガキ　5.広告、記事を見て(新聞、雑誌名　　　　　　　　)

上の質問に関連して、ご購入の決め手となったのは?

1.タイトル　2.著者　3.内容　4.カバーデザイン　5.帯

その他ご自由にお書きください。

(　　　　　　　　　　)

本書についてのご意見、ご感想をお聞かせください。

①内容について

②カバー、タイトル、帯について

弊社Webサイトからもご意見、ご感想をお寄せいただけます。

ご協力ありがとうございました。

※お寄せいただいたご意見、ご感想は新聞広告等で匿名にて使わせていただくことがあります。

※お客様の個人情報は、小社からの連絡のみに使用します。社外に提供することは一切ありません。

書籍のご注文は、お近くの書店または、ブックサービス(0120-29-9625)、セブンネットショッピング(http://7net.omni7.jp/)にお申し込み下さい。

だり、自分が猟犬に追われている夢をみたりして、冷や汗をびっしょりかいては目をさましました。そのたびに、

（おれは人間なんだ……　おれには関係ない……）

と自分に言い聞かせるのでしたが、とうとう朝までほとんど眠ることができませんでした。

＊＊＊

翌朝、コンキチは社長室に呼ばれました。社長はにこにこしながらも、厳しい声でコンキチに言いました。

「山住君！　いやー、君はいつも実によく働いてくれる。いや、まさにわが社の社員のかがみじゃよ。君がわが社に来てくれて、ほんとうによかった。ところでじゃ、君も知っているように、これから冬が来るというのに、

わが社の毛皮の在庫が少なすぎる。もっともっと毛皮を用意しておかなければならん。どうかね、君は山や動物のことに詳しそうじゃから、明日から山へ行って、毛皮にする動物を鉄砲で撃ってきてくれんか。これがうまくいったら、もちろん給料は上げるし、君に『原料調達部』の部長になってもらうつもりじゃ。」

コンキチは「給料」とか「部長」という言葉を聞くと、なんだか体が一瞬ぶるぶると震えるような感じがしました。そして思わず、

「社長！　ありがとうございました。大変な名誉です。早速明日から、山に動物狩りに行きます。」

と答えました。

社長室を出てから、コンキチは自分自身に言い聞かせました。

（いいか、おれは人間だ。キツネがいやだから、人間になったんだ。おれは絶対にサラリーマンなんだから、毛皮をできるだけたくさん売るために

は、何でもしなくてはならん。……昨日見たことはみんな忘れるんだ。そうさ、人間のおれが山に動物どもを撃ちに行くのに、なんの悲しいことがあるもんか！）

＊＊＊

次の日、コンキチはたくさんのハンターと猟犬を連れて、自分でも鉄砲をかついで山にでかけていきましたが、猟犬はときどきコンキチのにおいを、クンクンかいだりするので、コンキチはそのたびに冷や汗をかきました。やっぱり猟犬には、コンキチがもとキツネだったことが、わかるのでしょう。コンキチは、なるべく猟犬たちから離れて、つとめて元気よくハンターたちの先頭を歩いて行きました。

合図の号砲で、いよいよ狩りが始まりました。猟犬たちが目の色を変えて、われ先にと山の奥へかけ込んでいきます。ハンターたちは鉄砲をかまえ、林のはずれで待っています。コンキチも、少々震える指先を、鉄砲の引き金にかけてじっと待っていました。

（よく母さんに、ハンターには気をつけなさいよって言われていたけれど、まさかおれが鉄砲をかまえてこうしているなんて……。）

コンキチは思わず苦笑しました。

遠くの方から、猟犬が狂ったように鳴きたてる声が、だんだんと近づいてきます。

「いよいよですな。」

ハンターの一人が、緊張した声でささやいて鉄砲をかまえなおしました。

その時のことです。前方の背の高いススキの穂が、ガサガサッとゆれたかと思うと、パッと何かがコンキチの前に飛び出してきました。その後を、血走った目をした大きな猟犬が、鋭い鳴き声を出して追っています。

コンキチの緊張は、もう頂点に達して、心臓はトクトクトクトクトクと、激しく鼓動しました。

コンキチの目の前に飛び出してきたのは、見事な毛並みをした銀ギツネです。

「これはすごい！　すごい！　今まで手がけた中でも、最高級のやつだ！」

コンキチは無我夢中で引き金をひきました。

「ズドーーン！」

銀ギツネは飛び上がって、空中で前足を折るようにすると、一声……、

「コーーン！」

と叫んで、そのままどうっと地面に倒れました。

「ズドン！　ズドン！」

「ズドン！　ズドン！」

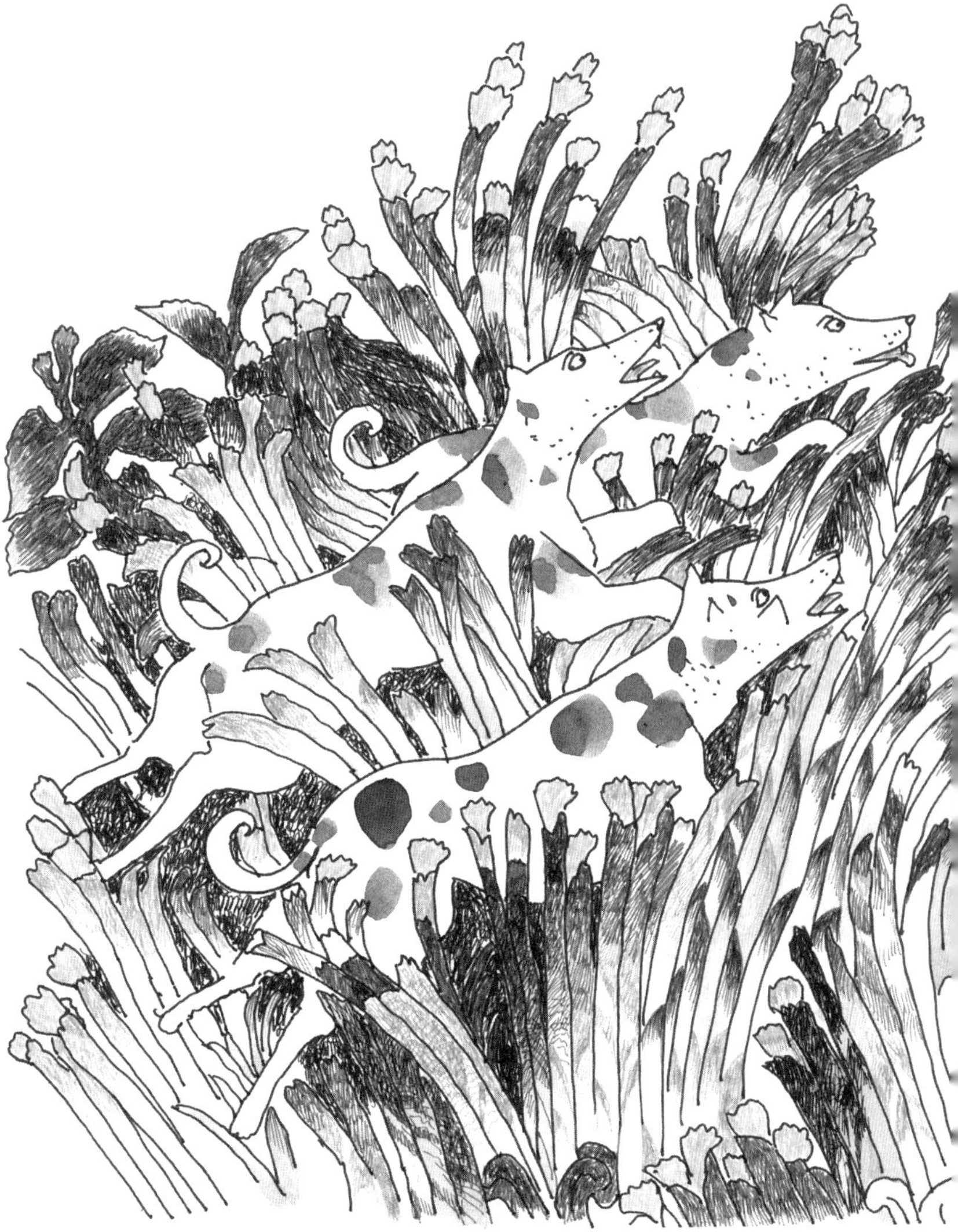

今やすすき野原のあらゆる場所で、鉄砲の音が響き、猟犬の凶暴な鳴き声もかき消されんばかりです。猟犬に追われてきた動物たちに向かって、ハンターがいっせいに鉄砲を撃っているのです。

そして鉄砲の音がやみました。

コンキチは倒れている銀ギツネに、ゆっくりと近づくと、なるべくそちらを見ないようにしながら、首のところをつかんで持ち上げ、みんなが集まっているところへ歩いてゆきました。その時コンキチの気持ちは、コンキチ自身にも、何とも言いようのないもので、コンキチの顔は、目だけ血走っているけれど、青白くこわばった何とも奇妙な表情をしていました。

みんなの方に向かって、コンキチが獲物の銀ギツネを、ぎこちない手つきで高くかかげると、

「はあ——!!」

とため息とも驚きともつかぬ声が、いっせいにあがりました。見物に来

ていた社長は、感に堪えないという口調で言いました。

「いやあ、山住君！　見事じゃ。わしもずいぶん長いこと、この仕事をやっておるが、こんなにすばらしい銀ギツネを見たのは初めてじゃ。うむ……。君は鉄砲の腕前でもわが社で一番ということになるな。いや、わしの目に狂いはなかったわい。」

コンキチは、そう言われてやっとにっこりと笑うことができました。そして少々得意になって、社長にもっとよく見せようと、空いている方の手で、自分の獲物の顔をちょっと上に向けました。そして銀ギツネの目を閉じた、苦しそうな顔をちらっと見た時のことです。コンキチは、「ギャーッ！」とするどい叫び声をあげたかと思うと、銀ギツネを放りだしました。そして社長をはじめ、みんなが何事かとあっけにとられて、コンキチを見つめているのもおかまいなしに、かついでいた鉄砲も放り出すと、山に向かってものすごい勢いで走り出しました。あっちの木にぶつかり、こっちの木にぶつかり、つる草に足をとられては倒れ、また倒木につまずいてはよろけながら……。

——ああ、なんということ。コンキチがしとめたあのすばらしい毛並みの銀ギツネは、コンキチのお母さんだったのです。

＊＊＊

走り疲れて足がもつれたコンキチは、積もり始めた枯れ葉の上にばったりと身を投げ出すと、気も狂わんばかりに泣き出しました。

山はすっかり夜になりました。星もない真っ暗な夜でした。強い北風に吹かれて、山じゅうの木がゴウゴウと恐ろしい音をたてて、まるでコンキチの泣き声などかき消してしまおうとしているかのようでした。

（ああ……母さん！　おれは何ていうことをしてしまったんだろう。）

「もうサラリーマンなんてまっぴらだ！」

「給料なんかほしくない！」

「母さんを返してくれ！　母さんを返してくれ！」

　コンキチは、腹の底から搾りだすような声で叫びました。しかし風はますます強く吹き荒れ、木々はゴオゴオ、ゴオゴオとうなり、暗闇の中で、堅い木の実や小石を飛ばし、コンキチの上に枯れ葉を、痛いほどたたきつけてきました。

　ゴオゴオ、ゴオゴオ
　ニンゲンコンキチよ、かえれ、かえれ。
　ゴオゴオ、ゴオゴオ
　ニンゲンコンキチよ、でていけ、でていけ。
　ゴオゴオ、ゴオゴオ

ニンゲンコンキチよ、おまえはなにものだ！

コンキチはやっと身を起こすと、あたりを見まわしました。暗闇の中にぼんやりと浮かぶ大きな木々のふしやこぶが、コンキチにはどれも仲間のキツネの顔に見えました。どの顔もどの顔も、悲しそうにつらそうに、じっとコンキチを見つめているかのようでした。

「あああ――」コンキチは深いため息をつきました。

「おれはもう二度と、キツネにはもどれない。たとえもし、キツネの姿にもどれたとしても、もう山の中で生きてゆくわけにはいかないんだ。ああ、おれはとうとう、ほんとうのニンゲンになってしまった。これからはずっと、ニンゲンとして生きていかなければならないんだ。」

コンキチはやっと立ち上がると、よろけながらもはるか下の方に瞬く、街の灯に向かってゆっくりと山を下って行きました。

コンキチが自分のアパートにたどりついたのは、もう明け方近くでした。

部屋に入ると、コンキチは山に面した方の窓を、大きく開け放ちました。

そして口を思いっきり空の方へ向けて、

「コンコーン！　コンコーン！　コンコーン！」

と叫びました。

その声は野をこえ山をこえ、はるかな海までこえて、地球をひとまわりして響きました。するとどうでしょう！

「コンコーン！　コンコーン！」

「コンコンコンコンコンコンコーン！」

「コーン！　コーン！　コーン！」

あちらからも、こちらからも、コンキチの叫びに応えるように、悲しそうなキツネの鳴き声が、明け方の都会の空にこだましました。

「あああ――みんな、みんな……」

コンキチは深いため息をついて言うと、静かに窓を閉めました。

＊＊＊

それからコンキチが、どこで何をやっているのか誰も知りません。でもみなさん、明け方近くに、部屋の窓を開け、空を見上げて耳を澄ましてごらんなさい。ほら、

「コンコーン！　コンコーン！……」

かすかに、かすかにキツネの鳴き声が聞こえるでしょう。

それはあなたの街のコンキチの鳴き声かもしれません。

コンキチ

＊＊＊コンキチについて＊＊＊

コンキチの物語を書いたのは、もう五十年前になります。当時、ドイツのミュンヘンにあるアパートで、小雪が舞っているアルプスの方角を眺めながら、ふと思いついて書き始めた寓話です。当時私はミュンヘン遊学の身で、春になって暖かくなったら、ドイツを出発しトルコの黒海を経て、シルクロードを陸路で行ってインドへの遊学を始めようと考えていた時でしたが、降り積もる雪を見ているうちに、ふと私は生まれ育った広島の県北部にある故郷を思い出していました。そしてその故郷にも、同じように雪が降っているだろうなと想像した時、不意に雪の中に一匹のキツネのイメージが浮かびました。「そうだ！　キツネの物語を書こう！　それは人間自身の生き方を予感的に表現するものになるかもしれない。そのキツネは、山の自然を破壊され、絶望感とともに人間へのあこがれなど複雑な気

コンキチ

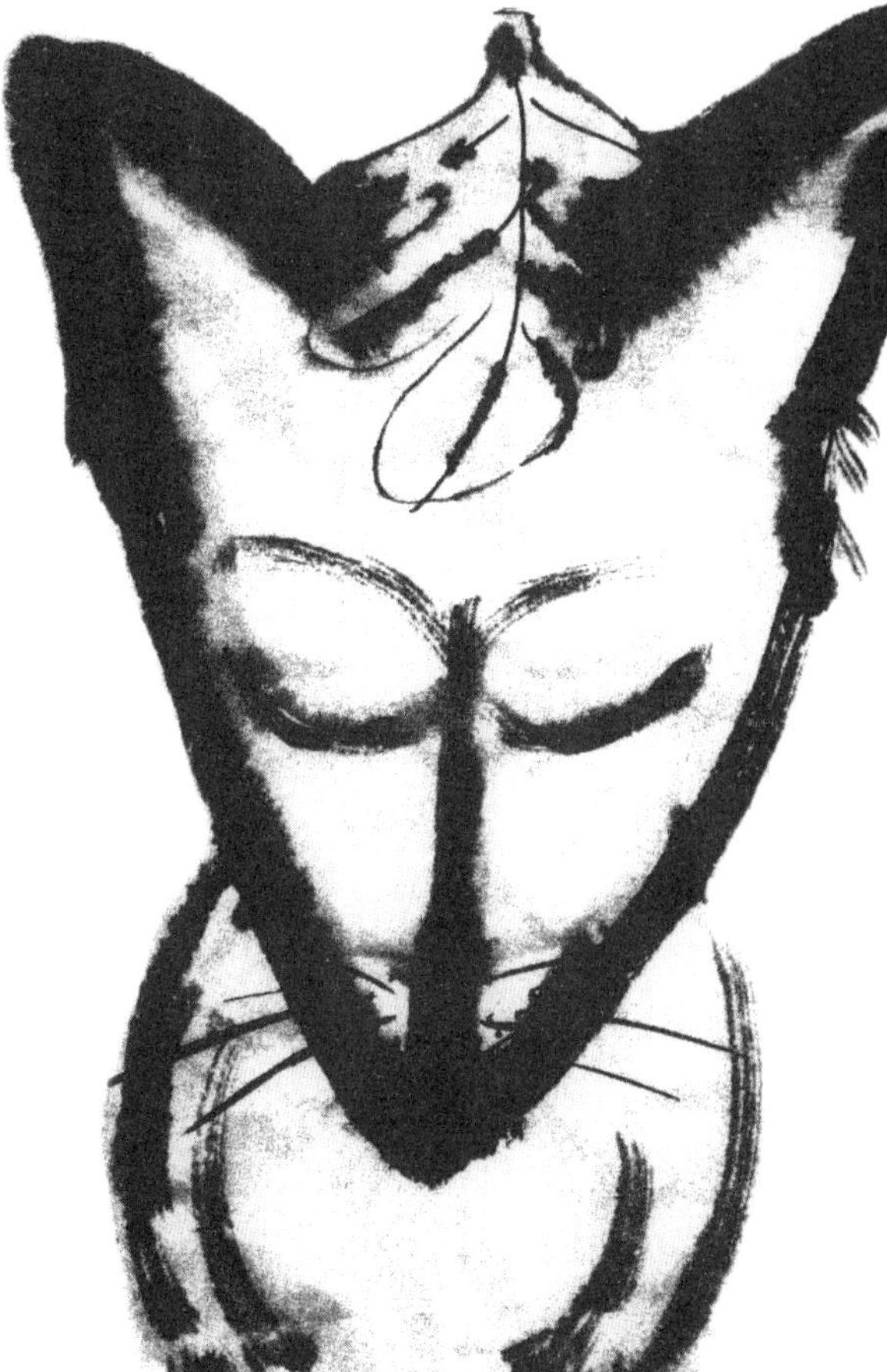

持ちを持って、人間に変身していく――そして山を下り、会社人間となって夢中で働く人生。しかし、キツネを待ち受けていた人間世界とは一体何だったのか？

それは希望を求めながらも限りなく絶望に囲まれた現代世界でもありました。人間にとって生涯をかけて、生きるために懸命に働く仕事の意味は一体何か？　生活とは？　幸せとは？　喜びとは？　愛とは？　私自身の人生を重ね合わせながら、短編なのに十年をかけて「コンキチ」の物語を書き上げました。この物語が初めて刊行されて、二〇〇四年には林洋子氏の語りの舞台でも上演されましたが、参加者からは実に多くのメッセージを頂きました。

――「コンキチ」について。子ども向けのユーモラスなお話を勝手に想像していたのですが、とてもシリアスな内容だったんですね。最初は現代文明批評がこめられている作品なのかなと思っていたのですが、進むにつれて、そんな図式的なことではなくて、人間がもっている普遍的な問題、痛みに真正面からズンズン切り込んでいく運びに、息を呑んでしまいました。コンキチは「あなたの街」にいるだけではなく、多くの人の中に、そして自分の中にも、いるのだという気がしました。それでいながら、そんな人間に対する深いやさしさを感じます。

—何をかくそう。実は私もコンキチなのです。今日、気がつきました。私も親こそ殺したことはありせんが、子や孫を殺し続けるような現在のこの生活を続けています。本当に、みんなでこうした生活を変えていきたいと心から願っています。とても感動しました。

—どこを向いても私たちは、いろいろな意味の毛皮屋さんの恩恵にあずかって快適な暮らしをしています。そして、もう後戻りができません。むなしく夜空に向かって鳴くしかないコンキチの気持ちがそんなところにあるのかなあと……。いちばん大切なものを失いながら、社会に適応していく現代サラリーマンの悲しさを、おもしろおかしく手にとるように感じました。

二十一世紀に入って、人間はますます「生き物にとってかけがえのない自然」を失い、「人間の心の中の無為の自然」を平気で壊してしまっているような気がします。山や海や空は細胞に影響を与えるレベルで汚染され、無数の科学兵器が、おびただしく製造され、石油やエネルギーをめぐっての血みどろの争奪戦など、広い世界には、実に無数の「コンキチ」たちが夢中で働いているような気がしています。

物語を書き始めた時から五十年が過ぎた頃、「コンキチ」の物語は、各国で翻訳出版され多くの人々に読まれるだけでなく、各国のいろいろの舞台の上に生きています。すべてこうした広がりは、私の親しい友人たちの手によるものですが、この「コンキチ」の物語も、友人の劉宏軍氏の手によって音楽と物語を東洋的に折衷した「楽劇《がくげき》」という新しいジャンルが立ち上げられ、日本・中国・韓国三カ国の音楽、狂言、京劇、仮面劇の芸術家たちの、苦心惨憺によって創造的な芸術の波が世界に向けて発信されようとしています。

多くの友人たちの協力を受けながら、試行錯誤の試みの中で物語の「コンキチ」が、生まれ変わろうとしています。インドのA・ラマチャンドラン氏、中国の劉宏軍《リュウホンジュン》氏、日本の黒川妙子氏、韓国の康禹鉉《カンウーヒョン》氏などによって、そして東龍男先生の脚本と三隅治雄先生の舞台芸術への愛によって監修された「楽劇―コンキチ」は、アジア地域だけでなく、世界へ向けて二十一世紀の「コンキチ」の叫びを創り出していくものと期待していま す。

世界で翻訳され演じられているコンキチの世界

「コンキチ」の物語は、*KONKICHI—The Lonely Fox*という英文のタイトルで、一九八八年に刊行されましたが、ベトナムのハノイで翻訳出版されたのが最初です。翻訳者のホーティーターンさんは、「ベトナムの人間にとっては、『コンキチ』はまるで自分自身のように思えるのです」と、しみじみと語りました。「私たちベトナム人にとって、バンコクのような明るく輝くネオンサインの世界は、希望の世界のようにも見えて、暗い自分たちの山（故国）を下りていっているような気がするのです。まるでコンキチのように……」と言い、「しかし帰国する時には、エイズになったり環境破壊を行ったりで、私たちはいつのまにか、コンキチになっているのです。これは私たちの運命をはらんだ物語なのです」と話してくれました。

二〇〇〇年、パキスタンのラーワルピンディーにある劇場で、国立演劇学校の俳優たちによって初めて演劇となった時には、コンキチ役の主役が山に向かってキツネの鳴き声を「奇妙な声」で何百回となく練習していた姿を今でも思い出します。「キツネの叫び声を忠実に再現したい！」と。そしてコンキチが鉄砲で撃ち殺した「母」の存在を、主役は「私たちにとっては、撃ち殺した母の存在とは母国であるパキスタンを意味しているのです」そう言ってパキスタンの状況を嘆きました。

二〇〇一年、ドイツのベルリンで開催された第一回国際文学祭に特別招請を受けました。ドイツの大勢の子どもたちを前にして、著名な俳優たちが「コンキチ」の物語を、ドイツ語で朗読を行いました。朗読後、多くのドイツの子どもたちや大人から意見や質問が殺到しました。「コンキチと人間の関係についてもっともっと知りたい！　日本の自然についてももっと知りたい！　この物語をヨーロッパ地域全体で共有したいです」と。

二〇〇七年、ビルマのチン州に行った時に、森林伐採を行っている現場で無数の「コンキチ」を見たような気がしました。それは森林をもつ地元で採用された材木の大会社の若者たちが、故郷の森林を破壊している姿でした。森林を破壊された村は、洪水や旱魃《かんばつ》で滅びていきました。ビルマでは作家協会の翻訳者によって翻訳出版が行われ、ラオスでは「ラオスの絵本の会」の手によって、翻訳出版活動が行われました。

このように「コンキチ」の物語は、さまざまな状況を生きる人々にとって寓話的な存在となっており、一九九八年から二〇〇八年まで、アジア地域では、約十八カ国、約二十八言語で翻訳出版されています。
また演劇活動としては、二〇〇〇年にパキスタンの国立演劇学校とNGOの演劇グループによって最初の公演が行われましたが、二〇〇四年には、宮沢賢治の語りで著名な林洋子氏の語りと劉宏軍氏の音楽（雲南省の笛）による公演が日本の三都市（東京、京都、広島）で四回行われました。

また二〇〇六年には、インドの古典舞踏家であるパジパイ氏と米国のホッフマン氏の尺八・琴による舞踏＋音楽の華麗な公演が五回行われています。いずれも大きな反響をもたらしていますが、毎回、多様で多彩な舞台を経るごとに「コンキチ」のイメージが、おおぜいの人々の人生の中に染み込み、多様なコンキチ像が生まれていっているのを感じます。「コンキチ」は、多くの人々の手によって育まれアジアの風土の中に生き続けているのでしょう。

コンキチの物語の感想などは次のアドレスにお願いします。
tajima777@gmail.com

パキスタンで舞台になった「コンキチ」

「コンキチ」の演劇の話の発端は一九九八年のある日、パキスタンのイスラマバードの首都県庁で臨時職員として働きながら演劇活動を続けていた二十八歳のアッサラオ君が、私の「コンキチ―さびしいキツネ」のウルドゥー語訳の作品を是非自分の演劇集団で上演したいと言ってきたことから始まりました。

彼はこの物語を「自分の主宰している演劇集団で舞台化したい。そのためには自分の手で脚本を書き、そして自分は是非ともコンキチの役をやりたい」と並々ならぬ熱意で訴えてきたのです。私は彼の真剣な態度に驚くと同時に、彼の顔立ちがなんとなくキツネに似ているので、これはひょっとするとおもしろい舞台になるかもしれないと快諾したのでした。パキスタンには一般的に余りおもしろい舞台がないし、もしこのユーモアあふれた、しかも深刻な物語を上演できたら、ひょっとすると国際水準の舞台ができるかもしれないと、彼の演劇活動を思いきり激励することにしました。

この物語は、山の自然環境がどんどん破壊され、子ギツネのコンキチはキツネを

パキスタンで舞台になった「コンキチ」

やめて人間になろうと母に懇願するところから始まります。母親は「おやめ。コンキチ、いいかい！　これまでにもたくさんの子ギツネが人間になろうと山を下っていったけど、誰も帰ってはこないのだよ」と説得します。しかしコンキチは山を見限って、特別の術を使って人間になって、都会の会社で働き始めるのです。ところがなんとその会社とは毛皮の会社。ある日、会社の倉庫で、自分の家族や兄弟たちがたくさんの毛皮となってぶら下げられているのを見て大変な衝撃を受けるのですが、毛皮の在庫がなくなってくると、社長命令で鉄砲をもって故郷の山へと向かっていくのです。

しかしながら、上演されるここはパキスタン。……通常パキスタンでは単なる話や夢だけのことが余りにも多く、演劇活動の具体化というものを彼が果たしてできるかどうか半信半疑でした。しかし「家族を殺す——しかも最愛の母を」という物語で彼を少し試してみたい気持ちもありました。

ところが驚くことに、彼は二カ月後には自信あふれた表情でウルドゥー語のシナリオを手書きで書いて持参したのです。そのため私は友人のショーカットに早速コンピューターでウルドゥー語で打ち出してもらいました。ショーカットは打ち出したシナリオを読みながら一言、「これは素晴らしい！　しかし……これを成功裏に上演するには、是非、パキスタン国立芸術評議会の主催にした方がいい」としきりに私に勧めたのです。

そこで早速、私はパキスタン国立芸術評議会のラスール会長に公演依頼の手紙を送ったのでした。ラスール会長は日本で言えば文化庁の長官にあたるような人です。

しかしそれから何カ月たっても評議会からなんの音沙汰もなく、ときどきラスール氏にそれとなく聞いてみても、現在関係者で相談しているというだけでした。私は、これはおそらく作品の原作がパキスタン社会に合致していないか、あるいはアッサラオ君のシナリオの力不足などがあって、彼らになんらの興味も起こさなかったのだろうと思っていました。一方、アッサラオ君は、「評議会の協力があろうとなかろうと関係ない。自分が書いたドラマを自らの手で舞台にしたい」と、「さびしいキツネ」の主人公役となってコンキチを演じるリハーサルを始めたので

した。

そしてときどき我が家にやって来ては、大広間でキツネの役を演じるリハーサルを何度も何度も繰り返すのでした。彼の声は、盗賊が住んでいるというマルガラ山に向かって響いていました。

「コーンコーン……コーーーン、
コーン……コンコン……コーーーーーン」

しかし彼の劇団は人から聞くところによると零細集団らしく、彼以外に劇団員がリハーサルに来ないのは少し不安にも感じられました。首都県庁に勤めていた彼はなにか職場の人とうまくいかなかったらしく、そのうち失職してしばらくはなにもせずに暮らしていました。しかし会うたびに彼はいつもコンキチの舞台のことを話しつづけていました。

彼はパキスタン人の顔というよりは、トルコ系の血筋を引いたような独特の風貌を持っていました。ときどき、彼は素晴らしい笑顔を見せたり、急にニヒルな顔つきをしたり、あるいは思いつめたように話し始めたり、俳優としての才能を遺憾なく感じさせるような能力を持っていたのです。彼の腹の奥底からしぼりだしたマルガラ山に向かって鳴くコンキチの声には、私も大いに感動したものでした。彼自身は、主役のコンキチはこの世で自分以外にはいない、自分のためにこそこの舞台が用意されている、と考えているように思えたのです。

半年のうちに、彼自身は余りにもこの演劇に没頭したので、ときどき我が家に電話してくる時にも「アイアム コンキチ」と言ってくるのでした。しかし私はリハーサルを見ているうちに、彼が頭の中に余りにも観念的なキツネを作り出しているような気がしたので、彼に自然のキツネの性格を十分参考にした方がいいのではないかと進言し、一緒に近くの動物園にキツネを見にでかけたこともありました。しかし、動物園のキツネは人間たちにおびえてとうとう穴から出てきませんでした。それでもジャッカルや狸を見たりして勉強に励んだのでした。

そのうち彼は仲間とリハーサルを行うために広いスペースを必要としているというので、またしてもショーカットに頼み、首都圏のある大学の講堂を無料で毎週確保したのでした。そして第一回目のリハーサルを彼が開くというので、夕方その場所にでかけてみると、ガランとした大きな講堂で彼を交えて四、五人の演劇人が大声を出してリハーサルを行おうとしているところでした。

私は自分で書いた物語が舞台化されるので多少は喜びを感じていましたが、内心では私の物語が上演されようとされまいと、それはどうでもいいことでした。ただ彼が余りにも熱心にコンキチの舞台のことを話したので、とにかくこうした深刻な家族を扱った舞台がこの国ではいったいどのように展開してゆくのか、それに興味をもったのでした。

だだっぴろい講堂で行われたリハーサルは余りぱっとしたものではなく、夕方の闇の中に消えてしまいそうでした。ただ彼ひとりが薄暗くだだっ広い講堂のステージで、キツネの鳴き声を出して演技するのがとても印象的でした。しかし舞台化のための予算的な裏づけもなく、また母親役など重要な配役も全く決まっておらず、彼の零細演劇集団で果たして舞台化できるかどうか、一抹の不安をこのリハーサルで感じたのも事実でした。

そうこうしているうちに、ちょうど二〇〇〇年九月二十五日の夕方、突然ショーカットから電話が入りました。彼が息せき切って言うのには、「……明日の晩、ラーワルピンディーのリヤカットホールで芸術評議会の主催で『さびしいキツネ』の上演が行われことになった」というのです。

「ええっ！　いったい、どういうことですか？」

私は大いに驚きながら、彼から事の仔細を聞いてみると、この舞台はパキスタンで広く演劇活動を行っているギラニ博士という国立演劇学校の代表の手によるものだというのです。彼はパキスタンでは著名な演劇人で、テレビの連続ドラマなどでも大変な成功をおさめている人だと言うのです。ショーカット氏はとても喜んでいるように見えました。

しかし、彼らの舞台でのキツネのコンキチ役がアッサラオ君ではないのは確かです。ただ重大なことは、この舞台で数カ月前に評議会に依頼文を送った時に同封した彼の脚本が、なんの相談もなく勝手に彼らに使われているように思われる点です。まさか国立芸術評議会ともあろうものが、我々になんの相談もなく公演を行うことはないと思い、ショーカット氏には「もし、それが同じ脚本であるものなら、原作者の私としては絶対に認めません。許可しませんからね」と強い調子で話しました。

それから私はすぐに評議会の事務局長であり著名な文化人としても知られているファキ氏に電話して事の内容を調べてくれと頼みました。すると彼は、驚いた声で「この舞台の内容や日程などはまだはっきりしていないと思うので、大至急ギラニ氏と連絡をとってみる」というのです。それで私もすっかり安心してアッサラオ君に電話をすると、彼はいかにも安堵した様子でした。コンキチは自分にしかできないと思っているのですから。

ところが翌朝のこと、突然泣きそうな声でアッサラオ君から電話が入りました。

彼の友人から電話が入り、今朝の新聞の広告に「明日、リヤカットホールで『さびしいキツネ』の演劇が行われるという記事が掲載されている」と聞いたというのです。私もびっくり仰天、すぐに「NEWS」という代表的な英字新聞を調べてみると、確かに新聞の二面には「奇妙なキツネ」というタイトルのドラマが評議会の演劇アカデミーの手で上演されることが新聞の二面に大きく告知されていました。「さびしいキツネ」というタイトルはウルドゥー語では「奇妙なキツネ」という言葉に置き換えられていたのです。そして国立芸術評議会の演劇学校が主催するというものでした。

そこで急いでファキ氏に電話をすると、彼はすぐに当の責任者のバカール氏を呼び相談したいから至急、評議会に来てくれというのです。私は我々を全く無視した彼らの海賊行為に心底より頭にきたので、相談するというよりも評議会に抗議にでかけることに決めました。パキスタンでは、いつも誰かが新しいアイデアを出すとすぐに誰かがそれを盗んでしまう悪い習慣があり、彼らはそれを「ハイジャックする」と言っているのです。もちろんこの裏には著作権の問題で悲しんでいるオリジナルの作者がいるわけですが、国立文化財研究所のムフテイ氏は、かつて膨大な時間と労力をかけて製作したシルクロードの音楽テープが、二、三日間でコピーされてカラチの民間会社から売りに出されて大変な損失を被ったと嘆いていました。それだけに短気な私は、「とにかくけしからん。とにかくけしからん！　これでは本物のコンキチ役のアッサラオ君の努力が無になって可哀相だ」と思いました。

そこで私は、こうした時には普段着ではなくて、服装にも少々威厳も必要だと思い、赤いネクタイと黒スーツ姿でびしっときめてでかけることにしたのです。特に著作権とか権利の問題の時には、外国人になるのが一番ですからね。その時ウルドゥー語の鈴木教授も我が家に滞在中だったので、事の仔細を先生に話し、二人で一緒にネクタイをしてでかけることになりました。氏はアッサラオ君のウルドゥー語のシナリオを読んで絶賛しておられたこともあったので、作品についてはいわばお墨付きともいえるものでした。

家から車で五分ぐらいのところに評議会の建物がありました。国立とはいえ小さな古く煤けた二階建ての芸術評議会のファキ氏の部屋に入ると、彼はいつものように実に愛想よく我らを出迎えてくれました。そしてすぐに評議会の会長であるラスール氏とバカール氏とみんなを交えて相談をしようというので、そこでみんなで一階のラスール氏の部屋に集まりました。ギラニ氏とは初対面でした。彼の物腰は実に丁寧でした。長身で鋭い文学者のような姿格好をしており、大きな目は輝いていました。彼のアシスタントであるという中年の女性は才能あふれた女優だということでしたが、とても上品そうに見えました。「うーん、これはちょっとアッサラオ君の姿格好と随分違うなあ」と思ったのです。でもそれは関係ありません。

開口一番、ギラニ氏は静かな口調で、私に向かって「あなたが書いた『コンキチ—さびしいキツネ』の物語は、痛切な家族の在り方を描いていて、とても感動的で素晴らしい」とアッサラオ君が書いたシナリオをみんなに見せながら、まず思いきり褒め称えました。やはり彼らはこれをもとに演劇を開始しようとしていたのでした。実にスマートに話し合いが始まったので、これではこちらが抗議する暇もありません。しかし私は厳かな声で、「この作品の原作は私が書いたものですが、シナリオはアッサラオ君が書いております。私としてはこれまでコンキチ＝キツネの主役はアッサラオ君にしたいと思ってきました。そして準備をしていたのです」と短刀直入に切り出したのです。すると彼はすぐに、「わかりました。今晩公演は行いません。今後はみなさんとゆっくり話をしながら舞台化を始めたいと思います。ついてはみなさんと一緒にこの演劇のワークショップをやったらどうでしょう？」と再び静かな口調で語りました。こちらの了承もなく、話がどんどん進んでいくのです。「もちろん、アッサラオ君も交えてですね？」「もちろんです」と彼は快諾したので、私は彼の真摯な態度に感心し、それでは「二日後にラーワルピンディーでみんなでよく打ち合わせを行いましょう」ということになりました。

二日後、ラーワルピンディーのリヤカットホールという大きな劇場の中に位置している国立演劇学校に、イスラマバードから私と鈴木先生、ショーカット氏（国立図書財団）と旧友のシャー氏（出版社経営）の四人で第一回の打ち合わせにでかけました。到着するとすぐにギラニ氏とファキ氏が我々を出迎えました。そして会長のラスール氏も我々を待っているというのです。いったい何事かと思い会長の部屋に入ると、彼は大きな体で丁寧に挨拶し、鈴木先生もしきりにウルドゥー語の実力を存分に試すかのように流暢な挨拶を何度も繰り返していました。

会長は、明日からスリランカへ出張という忙しい時に、なんでわざわざここまでやってきたのかとも思いましたが、二階の演劇学校で最初に挨拶をしたあとは、すぐに引き上げていきました。しかし彼らは内心では、評議会の演劇学校が行った海賊行為が大変気になっていたようです。演劇学校の二階の広いリハーサル室には、才能があふれるような約二十五名の若い男女の俳優が車座になって座っていました。未来の俳優を目指すだけにかなり個性的な男優、女優が集まっていました。もちろんわれらの〝コンキチ〟、アッサラオ君の姿もその中にありました。この学校の修了生であるという彼も、当然参加を呼びかけられたので、イスラマバードから中古のオートバイを飛ばしてやってきたのです。

それからバカール氏がこの物語と演出について丁寧に話をしたあと、彼は、私にもこの物語について、演劇の構想を話してほしいと頼んできました。そこで私は、その昔、ミュンヘンの安アパートの屋根裏部屋で書き始めた時のエピソードや物語の背景や大筋を丁寧に話しました。するとみんな大いに感動したらしく、しきりに大きな拍手をし、大きな花束まで贈呈してくれたのです。

いくつかの質問が始まりました。

「あなたはなぜ、キツネを主人公にしたのですか？」「この物語であなたはいったい何を伝えようとしているのですか？」「この物語では人間よりも動物が優れているることを言いたかったのですか？」などなど。いろいろ変わった難しい質問もたくさんありましたが、私のわけのわからない感情のこもった英語の話し振りに、なんだかみんな十分に納得している様子でした。

それからバカール氏が自信たっぷりにこの舞台の構成と演出について話し始める

と、突然アッサラオ君が立ち上がって、「いや、僕の考えは全く違います。この舞台はこうでなくてなりません。こうでなくては！」と彼の描いた舞台のスケッチの上に、新しいスケッチを書き加え始めたのです。

ギラニ氏はいかにもこれを苦々しそうに見つめています。「うーん、これではなかなか先が思いやられるな。二人のコンキチのイメージは全く違うのだからな。どういうようにこれから調整しよう？」と考えていると、バカール氏がコンキチ役に決まっている若い個性的な男優に演技を始めるように指示したのです。バカール氏は、俳優の演技を見せれば我々もすぐにそのレベルの高さに気付き、納得するとでも思ったのでしょう。自信ありげにコンキチ役が舞台に登場し、さあ演技が始まったのです。それはコンキチが会社員となり働き始めた時のシーンでした。

しかし彼の演技は大声を出して泣き叫ぶものの、いかにもステレオタイプでなんの感動もない表面的なもので、おもしろいものとは全く思えませんでした。そこで私はアッサラオ君に、「さあ！　君の出番がやってきた。思いきりやりたまえ！本物のコンキチの出番だ」と肩をたたきました。

アッサラオ君の演技は期待していた通り、オリジナルの原作に書かれたコンキチの存在にリアルに迫ると同時に、今彼が置かれている絶対絶命の立場もよく表現していました。ですから、この真剣さがみんなにも伝わっていきました。もっともこの演技をする前に、アッサラオ君に「いいかい、あまりしゃべらず、沈黙と動きでコンキチを演技したら」と伝えていたのです。

パキスタン人の俳優は余りにもしゃべりすぎますから。しかし、どちらの配役を最終的に選択するかはなかなか微妙な問題でした。原作者である私の意向を貫くか？　あるいは演劇のプロであるギラニ氏の選んだ俳優にするか？　結局はそのどちらかを選択しなければなりません。その日は最後までアッサラオ君はいかにも深刻な顔をして考えこんでいました。

最終的な打ち合わせの結果、十月十日から三日間、合同ワークショップをかねたリハーサルをみんなで行い、その席上でだれが主役になるのか決めることにしました。帰りの車の中で、鈴木先生が「これではなかなかまとめるのが大変だね」ともらしていましたが、でもよく考えてみると、私はこうしたプロセスこそがこの物語にふさわしいのではないかと思っているのです。

ショーカット氏は、評議会の演劇学校の方が予算的にもはるかに力があり、著名な演劇人であるギラニ氏の舞台監督が絶対に必要で、この際、アッサラオ君には引き下がってもらった方がいいと言っていましたが、二人のコンキチの演技を見てからは、「やはり本物のアッサラオ君のコンキチの方が素晴らしい」と手放しで誉めていました。

三日間のワークショップの初日には、まずギラニ氏による国立演劇学校の演技が始まりました。総勢二十五名を率いての演劇集団です。そして二日目は零細集団のアッサラオ君があちらこちらから無理して集めた約十名による演劇集団の演技が行われました。アッサラオ君もさすがに意地がありますが、俳優はあちらこちらから探してきたというような貧相な衣装です。

しかし演劇学校の演技を見ると、みんな優秀な演技を披露していましたが、いわゆるソツがなく演技になにか心を打つものがありません。特に総監督のバカール氏自身がやるコンキチ役の演技はあまりにも大げさで観念的なのです。ギリシャ悲劇と間違えたかのような表情をしたり、ユーモアもおもしろさも全くないのです。演技で表情がおもしろくないということは致命的ですね。演技はそれで死んでしまいますからね。

それに舞台の最初に、山に住むキツネに人形を使ったりしてなんとなく現代劇と人形劇を折衷したような奇妙な演劇になっているのです。確かにこれは「奇妙なキツネ」だ。これは「さびしいキツネ」ではない、と思いました。しかしスタッフのなかには、毛皮の店員役をやっている実に才能のあるおもしろい若い俳優がいて、一言しゃべるごとに、一歩歩き出すごとに、みんなを腹をかかえて笑わせるのでした。

そこで私は、この舞台の中での重要な配役として、彼を社長役にしたらと抜擢を進めました。ですが、社長役をやっていた俳優は「これが私には最適」と言って渋ったので交代は実に大変でしたが、結局は交代してもらいました。まるで株主総会でも開いて会社の社長をそのイスから引きずりおろすようでした。しかしその結果は大当たり。特にコンキチの物語のなかで、キツネが山から下りて会社に入るために社長面接を受けるところは、大きな山場ですからね。彼が深刻な笑いを創りだしたのは実に良かったです。それはユーモアと厳しい現実のなかでの葛藤というキツネにとっては大きな演技になるわけですから。

一方のアッサラオ君の演劇はとてもシンプルなものでしたが、コンキチの原作を実によく感じさせるものでした。ことに鳴き声などは私がイメージしていた通り、ぴったりでした。もっとも彼は二年間、我が家に来ていつも鳴いていたのですから。

……そして私は最終的に、キツネの主役はバカール氏ではなく、アッサラオ君に、そして社長は演劇学校の若者に、お母さん役は演劇学校の中年の女性にと折衷したグループを構成したらどうかと思って進言したのですが、バカール氏はどうしても承諾しません。彼自身のふさわしい配役がないのです。彼は総監督で全体を見てくれるか、あるいは毛皮を売る店員になればいいと思ったのですが、そうもいきません。大苦笑です。そして仮にバカール氏が監督をやってくれたとしても、「キツネ」のイメージはアッサラオ君とは全く異なっているし、どうしようか？　と考えに考えた時、「あっ！　そうしよう。下手な折衷をしないでそれぞれが自分のイメージした舞台をやればいいのだ」とひらめきました。

そしてバカール氏とアッサラオ君を呼んで、「どうだろう！　それぞれが自分のイメージで舞台を構成しようとしているのだから、無理に折衷せずにそれぞれが自分のイメージで仕事をするべきだろう。それぞれの劇団でコンキチをやったら？」と、まるでインドとパキスタンに介在する難しいカシミール問題の国境線を裁定でもするかのように進言したのでした。

するとバカール氏は、いかにも苦々しげに聞いていています。彼は「国立演劇学校の演技こそが、ワークショップで最終的に選ばれるのが常識」と確信していたからです。アッサラオ君のような零細集団とは訳が違うし、格も全然違うと思っているのです。一方、アッサラオ君は大満足でした。自分の脚本通りに、自分が主役になって演技ができ、この上もない喜びですからね。

そうした二人の表情を見て、私は「それではこの舞台は三日間開催することにして、そのうち最初の一日をアッサラオ君の零細劇団に、二日目と三日目は国立演劇学校がすることにしたらどうだろう？　同じ物語をそれぞれが違うイメージで舞台化することは、世界のどこでもよくあることですからね……」と裁定したのでした。バカール氏も彼らの演劇が二日間になるので、やっと安堵したのでした。

そして二〇〇〇年十一月十一日から三日間にわたって「孤独なキツネ『コンキチ』」の舞台が行われることになりました。二人とも演劇集団を率いての競争ですから必死です。リング上でにこやかに握手しても、ゴングが鳴ると同時に火花を散らすボクサーのように見えます。「……ああ、疲れた。下手をするともう一つ別のカシミール問題を作るところだった。共存共栄こそが一番いいのだよ」と言いながらも私は一瞬「果たしてこれでうまくいくのか」と、実のところは非常に心配だったのです。

案の定、二、三日すると、すぐに国立演劇学校のギラニ氏から電話がかかってきました。「実は十一月十一日の初日は、アッサラオ氏の舞台ということになっているが、初日は国立芸術評議会の長官や日本大使なども出席することになっているから、初日はどうしても国立演劇学校がやらなければいけない」と、実に思いつめたような低い声の電話でした。

私もその要請の意味はすぐに了承して、「はい。それはそうでしょう。あなたが働いている国立演劇学校の立場もよく理解できますから、アッサラオ君に依頼して、初日と二日目は演劇学校にしてもらいましょう。三日目はアッサラオ君に依頼してみましょう……」と答えたのでした。しかし、このことをアッサラオ君にしゃべると彼は、驚いた声を出して、「ええっ！　僕の方はたった一日だけだから初日だけだと決めたのに……三日目の一番最後はだれも客が来てくれないのでは？」といかにも不満そうな声で言うのです。そこで困った私は咄嗟に、「なあに、アッサラオ君！　日本ではね、一番最後の出し物は、『大トリ』と言ってね、一番すごい出し物があるという習慣があるのだよ。つまり大トリになって一番いい出し物を演じてみないかね。みんな最後の出し物を見にくるのだから……」と説得しましたが、ここはパキスタン。日本と違って大トリだと言ってもなかなか彼は承諾しません。

そこでお客さんは最後の日に一番たくさん入るのではないかという私の説得で、とうとう彼もしぶしぶ同意してくれた訳でした。そしていよいよ待ちに待った十一月十一日、「コンキチ」のオープニングの日がやってきました。

コンキチの晴れの舞台の日です。夢にまでみた舞台！　それは私の夢でもあったのですが、それ以上にアッサラオ君にとってはそうでした。一九九七年より二〇〇〇年まで、私は識字教育の専門家として三年半の任期を勤め終え、十二月の帰国準備をしていた時期で、こうした舞台に力を注げる余裕はなかったのですが、当日だけは、なにかしらわくわくとした高揚感を感じて、イスラマバードから約二十キロ離れたラーワルピンディーのリヤカットホールにでかけたのです。

到着してみてなんと驚いたこと。ホールの門前には、今日の舞台が大きなキツネの絵で看板に描かれて掲げてあるのです。本の表紙のコンキチの絵が拡大されたものでしたが、他の看板と競合するようにいかにも上手に描かれてあります。国立芸術カウンシルの主催だからでしょうが、今日はどれだけの人が見に来てくれるか気になりました。

リヤカットホールは、パキスタン初代の首相リヤーカト・アリー・ハーンの名前から由来しています。この首相はこの地で暗殺されたため、この地に記念として大きな劇場が建設されたのだそうです。会場には、これまで私が行ってきたパキスタンでの識字教育の仕事や紙漉きで製作した製作物など多数が展示されました。日本大使夫妻や文化庁長官のゴーラム・ラスール氏など来賓が次々と到着しました。これはパキスタン国立文化評議会の主催なので、会場には次々と多数の観客が訪れてきました。

大ホールの舞台の背後を見て驚きました。「貢献に感謝」と銘打って、私の名前が舞台の上に大写しで四つの肩書きと共に張り出されているのです。四つの肩書きは芸術家、教育家、作家、クラフトマン（職人）というもので、これほどたくさんの肩書きをつけて頂いたのは初めてでした。どれひとつの肩書きも十分にできていないのにと苦笑いです。これはきっとファキ事務局長の考えに違いないと思いましたが、なんともはや、彼らが私のパキスタンでの仕事をどのように表現しようかと苦心惨憺した結果に違いありません。観客に私の存在をどうやって伝えるかという態度も感じて、苦笑せざるを得ませんでした。クラフトマンとは紙漉きをやっている職人の意味ですが、職人としても私を捉えていたのでしょうが、それにしても四つの肩書きとは実に重たいものです。

どうして文化庁がここまで丁寧にやってくれるのか、それはおそらく私が紙漉き研修ワークショップを芸術評議会の要請に応じてイスラマバードとラホールで何度も行って協力してきたこと、そして妻の和子がPNCA（パキスタン国立芸術評議会）の要請でイスラマバードとラホールで二回、絵画個展を開催したことなども背景にあると思われました。そしてなによりも大きいと感じたのは、今回の「コンキチ」上演のハイジャック騒動などドタバタ劇の存在も背後にあったのではないか思われましたが、気分は悪くはありません。たった一人のために、パキスタンでの三年半の貢献をこのように高く評価してくれて舞台を開催してくれるのですから、帰国を前にして大いに喜んだものです。「幸福になるためには片目は閉じても、片目だけは開いておけばいい」と思いました。

それからその日のプログラムついて、関係者との最終的な打ち合わせが行われました。まず最初の出し物は、以前四カ国の友人と共同製作した「大亀ガウディの海」。二十分のアニメーションのフイルム上映です。これは以前私が書いた物語のアニメ作品で、インドのラマチャンドランのイラスト＋中国の劉宏軍の音楽＋韓国のカン・ウーヒョンが共同制作したもので、物語には大亀ガウディが水族館から逃げ出し、大海でロッテイという海亀に出会って、満月の下でロマンチックに結ばれるシーンが入っています。

特に海亀のガウディとロッティが愛し合うシーンが入っているために、事前の試写会でその上映が大問題になったのです。インドのヒンドゥー文化では、男女の場面は、ミトゥーナ像（男女交合図）など伝統的に文化の中で多様に表現されていますが、イスラム社会では、こうした性文化の表現などは一切出さない、というよりも厳禁とされているのが現実です。パンジャブ州では、舞踏や歌謡でも、女性の風俗が乱れるという理由で禁止通達を学校に出している昨今ですからね。しかし前座として、是非この環境アニメを映写したかったのです。物語の内容が、環境問題を考えさせると同時に動物愛護、原爆実験までが描かれているので、パキスタンの実情にぴったり重なっていると思えましたから。しかし、ガウディとロッティが愛し合っていること自体が問題になりました。もちろん他国の文化には、繊細な配慮をしなければならないのは当然のことです。

みんな深刻な顔をして「大亀ガウディの海」のアニメーションを見ていました。

「今日の催しは文化庁の主催で、お偉いさんが多数やってくる。そこでこういう表現の作品を上映するのは、非常に問題ではないか？　観客からなにを言われるかわからない」

するとが誰か「でもこれは人間ではなく、海亀だからね。自然の姿だからね。これは動物の世界ですよ」。するとみんな、「そうだ。そうだ。海亀だからね。人間ではなくて海亀だからね、そうだよ。問題ない……問題ない」。すると誰かが「いや海亀だとしても、この場面はちょっと刺激が強すぎるのでは」、「なるほど、海亀にしてもね……海亀にしても……」と大亀のアニメを見ながら議論は続きました。

どんどん時間が過ぎていきます。そこで私は、「それでは、このアニメを上映する時、その場面だけパソコンで早送りしたらどうでしょう？　早送りすると誰だって気がつきませんからね」と提案しました。そして、「それはいい。それはいい。

では上映の時に、早送りをすることにしよう」ということに決まりました。時間も残されていないため、私がパソコンを操作してコマを早めることになりました。社会にとって危険なものは早送りしたらいい。みんな安堵したのです。今日は、「コンキチ」が主役なのに、とんだところで問題になっても困るし……私も含めてだれもかれもほっとしたわけです。

初日にふさわしく、たくさんのスピーカーによる演説が始まりました。だれも「演劇の日」とは思わなかったようです。日本大使以外は、みんな絶叫調でした。特に同じ職場のシャビードによる絶叫は、通常のスピーチというよりも「大統領の選挙応援演説」のようでした。私は、次の大統領選に出馬を要請されているのかと思ったほどです。日本大使も流暢なウルドゥー語に加えて見事なスピーチを行い会場は満足、文化庁長官もハイジャック劇などのことはおくびにも出さず私のパキスタン社会への貢献をただ長々としゃべりまくっていました。みんないくらでもしゃべれるのです。これでは、まるで表彰式です。果たしてコンキチが出場できる時間があるかどうかと危惧したほどです。

それからやっと前座として「大亀のガウディ」のアニメが上映されました。しかしなんということ。会場が暗くなって、パソコンの操作がうまくできなかったので、コマの早送りができないのです。焦りました。止めるわけにもいかないし、「ああ、ガウディの場面がでてきた。ああ、みんな見ている。ああ、しかし、コマ送りがどうしても早められない。カットできない」。

会場では七百名以上の観客が熱心に見ていました。結局、私は、事前の打ち合わせしたようには何もできぬまま、二匹の海亀の二十秒以上の濃厚なシーンを全部上映してしまいました。しかし誰もなにも文句を言わずただ熱心に見てくれたのです。まあ、「海亀」のことだから、どうということはないとみんな思ってくれたのでしょう。

それが終わると、待ちに待った「奇妙なキツネ」の舞台が始まりました。国立演劇学校の代表のギラニ氏自身が主役のコンキチとなって登場しました。しかし彼の舞台は、私が頭に思い描いていたのとは、かなりイメージが異なっていたのです。特に出だしの、山に住む狐のシーンはすべて人形劇で行い、コンキチがケンポンタンの魔術を使って会社員に化け、山から町に下山して行くところから、初めて演劇となったのです。会社の社長に昇格したかっての部長は、いかにもおもしろく会場を沸かせに沸かせていました。これは配役を変えたことが的中したのです。

私は今回の演劇で「演出」というものに妙に興味がわいてきました。しかし鉄砲をもって、コンキチが山へキツネ狩りにいくところは、まるで人間の戦争のような戦いかたをするので、全く驚きました。彼らは、これまでキツネ狩りなどイメージしたことなどもないようでした。とにかく、こうやって初日の公演が終わりました。

そして二日目も無事に終わりましたが、二日目の上演後にアッサラムがいかにも元気のない顔でやってきました。「いよいよ明日は、あなたの舞台だね。がんばって。アッサラム君」と励ますと、彼は元気のない声で、「初日は、オープニングだったから七百名もやってきたが、二日目の今日は、もう二百名ぐらいだ。観客はぐんと減っている。これは初めから恐れていたこと。三日目の明日は、おそらく観客数はもっと減って五十名ぐらいになるではないか」と言い出したのです。私は慌てました。本来、彼の舞台こそが主役にならなければならなかったのですから。初日に決まっていた彼を説得するため、日本のトリの話を持ち出して、ようやく三日目の上演で納得してもらったので、これはなんとかしなければならないと慌てふためきました。

「これは困った。なんとかしないと。これでは明日の観客は五十名ぐらいになってしまう。国立劇団には集客能力もあるが、零細集団ではこうはいかぬ。困った、困った。どうしよう」

そこで、この会場が位置するラーワルピンディー市に住んでいる絶叫調のスピーチを行った友人に相談したところ、彼はすぐに快諾し、「それは実に簡単なこと。私を誰だと思っていますか。私はこの町の出身ですから、親族郎党がいくらでもいます」と言うのです。「それで観客を何人ぐらい集めればいいのか」と言うので、「会場を一杯にするためには、まず最低五百名ぐらい必要」と答えると、彼はすぐに電話をかけ始めました。

「私の八人兄弟のほとんどは、学校の教師と新聞記者をやっているから、まず学校に動員をかけると、みんな喜んでやってくる。新聞社も最大限応援してくれる」と言うのです。そして中古のバスを借り上げると、それを使って、なんと三日目には、初日を上回る人数で観客を集め始めたのです。なんと、集まる、集まる、みんな大劇場に無料招待されるので大喜び。学校の教師や子どもたち、父兄たち、そして彼の一族郎党がほとんど勢ぞろいし、集まってきました。大成功です。これでようやくトリの話も本物となりました。「なるほどパキスタンの血縁社会の結束とは固いものだ」と感心したものです。

その様子を見て、今日の主役であるアッサラム君も大喜び、これでようやく本格的な舞台に立てるという顔つきになってきました。「なるほど、観客の人数によって主役の顔は創られるのだね」と冗談を言いながら幕開けを見守ったのです。

舞台が開くと、なるほど、我らのコンキチ君はさすが、長い間マルガラ山に向けて必死に鳴いて練習してきた成果がありました。彼は必死に演じました。必死になって鳴き叫んだというのが事実でしょう。彼のキツネ役は、西欧的なオペラのように大げさな身振り手振りの演劇ではありませんでしたが、なにか人の心を感動させ、気持ちを大きく揺さぶるようなものを持っていたのです。彼自身の生き方をそのまま見せたからかもしれません。彼が今、絶体絶命にあることを……イスラマバードの首都県庁では役職を追われ、今は無職で希望のない生活を過ごしている彼の家族の深刻な状況が、コンキチの舞台になっていったからです。余りにもぴったりだったのですね。彼以外には「コンキチ」役はいないように見えました。

こうやって三日目のアッサラムによる舞台が無事に終了しました。私は、初日と三日目の舞台を比較してみようと思い、その時読売新聞デリー支社から、日本人の新聞記者が駆けつけていたので、彼に感想など批評してもらうことにしました。

「うーん、私はアッサラム君のキツネの舞台の方が好きだね」と彼はまず一言言った後、「物語の内容とアッサラム君はぴったり合っている感じだね。三日目の舞台の方が、はるかにおもしろかった」と彼が誉めたので、アッサラム君の嬉しさは頂点に達しました。

その新聞記者は、そんなに激賞したわけでもなかったのですが、彼が記事にすると約束したこともあって、アッサラム君は有頂天で、いつまでもその記事を待っていたのです。世界の一流紙に、彼の演劇評が載るものと思いこんで。しかし、とうとう演劇評は掲載されませんでした。おそらく彼は、今でも掲載を夢見て待っているのではないでしょうか。初日の主役をやったバカール氏が、こんなことを言っていたのが気になりました。「私の考えでは、コンキチの母とは、まるで母国のパキスタンそのもののような感じがしたのです」と言ったことです。「母を撃ち殺すというテーマは、パキスタンの人々が、鉄砲を家族に向けているような気がしてならないのです」と。彼のしゃべった意味深い言葉は、現在のパキスタンという国と人々との在り方について、一抹の不安を去来させていました。当時、二〇〇〇年十一月頃のパキスタンは、インドに対抗して核実験を六回も行うなど、経済不安や社会不安も頂点に達していたからです。

三日目の演劇を終えたアッサラム君は、いかにも大きな山場を乗り切ったという感じで、それからは体全体も軽やかになってきました。目つきもしっかりと落ち着いているのです。自信を取り戻したのでしょう。「これからは何度もパキスタンで『コンキチ』の舞台をやるのだ」と、そして「国際舞台にもするから是非日本へも呼んでくれ」と張り切っていましたが、果たしてその後は彼からはなんの連絡もありません。舞台を再上演したという話も聞いていません。

しかし私には、彼がマルガラ山に向かって、キツネの声で鳴き叫んでいるのが、今でも脳裏に深く残っています。

「コーンコーン……コ――――ン、
コーン……コンコン……コ――――――ン」

コンキチの叫びは、今日も世界中に響き渡っているのです。

著者プロフィール

田島 伸二（たじま しんじ）

1947年広島県生まれ。私立日彰館高校卒業、広島大学での勤務を経た後、日本大学法学部、早稲田大学教育学部（実験心理学ゼミ）を卒業。ドイツのミュンヘン市とインドのタゴール国際大学へ遊学。1977年から1997年までユネスコ・アジア文化センター（ACCU）で、アジア・太平洋地域の図書開発・識字教育の責任者。1997年より2000年までパキスタンの首相識字委員会で識字アドバイザー。東京大学、聖学院大学非常勤講師。現在、国際識字文化センター（ICLC）代表。

主な作品：『さばくのきょうりゅう』（講談社）、『ゆきやま』（講談社）、『大亀ガウディの海』（透土社）、『沈黙の珊瑚礁』（蝸牛社）、『雲の夢想録』（蝸牛社）、『The Legend of Planet Surprise, Gaudi's Ocean, Cloud Tales』（オックスフォード大学出版局）。主要な作品は、インド、中国、韓国、イラン、ミャンマーなどアジア20か国で翻訳出版されている。出版文化賞や社会貢献賞など受賞。

tajima777@gmail.com

コンキチ 人間になってみたキツネ

2024年7月15日　初版第1刷発行

著　者　田島 伸二
発行者　瓜谷 綱延
発行所　株式会社文芸社
〒160-0022　東京都新宿区新宿1－10－1
電話　03-5369-3060（代表）
03-5369-2299（販売）

印刷所　図書印刷株式会社

ISBN978-4-286-25520-0